Heller Stern in dunkler Nacht

Wolfgang Tripp

Heller Stern in dunkler Nacht

Mit Fotos von Winfried Aßfalg

Schwabenverlag

Vorwort

»Heller Stern in dunkler Nacht«

Das ist die Geschichte des Kleinsten und Jüngsten aus der Gefolgschaft der »hohen Herren und Könige«, die sich aufmachen, um diesem Stern zu folgen und jenes Kind zu suchen, von dem sein Leuchten kündet.

26 Bilder zeigen die Figuren der Krippe von Sebastian Osterrieder (1864–1932), dem Münchner Bildhauer und Krippenschnitzer, der diese Krippe Ende des 19. Jahrhunderts geschaffen hat.

Seit 1927 zieht sie Jahr für Jahr viele Menschen im Münster St. Paul in Esslingen a. N. in ihren Bann. (St. Paul, ehemalige Dominikanerkirche, älteste erhaltene Bettelordenskirche im deutschsprachigen Südwesten, wurde 1268 vom heiligen Albertus Magnus eingeweiht; grundlegende Erneuerung des Inneren und Chorraumgestaltung in den Jahren 1992–1994; Altar, Ambo, Taufstein und Marienstele von Ulrich Rückriem.)

Die Krippe wird ab dem 1. Adventssonntag aufgebaut. Jede Adventswoche kommen einige Figuren dazu, bis am Heiligen Abend alle Figuren zu sehen sind. Sie bleibt bis zum 2. Februar – dem Fest der Darstellung des Herrn im Tempel, »Lichtmeß« – stehen.

Juli 1995   Wolfgang Tripp

Und es begab sich also ...

1

Aufbrechen – mitten in der Nacht. Nur wegen dieses Sternes. Verstehe das, wer will – ich verstehe es nicht. »Sei still, pack' deine Sachen«, haben sie mich geschimpft. »Überleg' dir gut, was du als Mitbringsel verschenken willst!« Auch das noch. Irgendwo soll ein Kind geboren sein, das mal ein ganz großer und bedeutender König werden soll.

Und dieses Kind möchten sie suchen, die hohen Herren, und mein König will dabei sein. Ich aber habe Angst. Wenn wir uns verlaufen? Wenn uns etwas passiert?

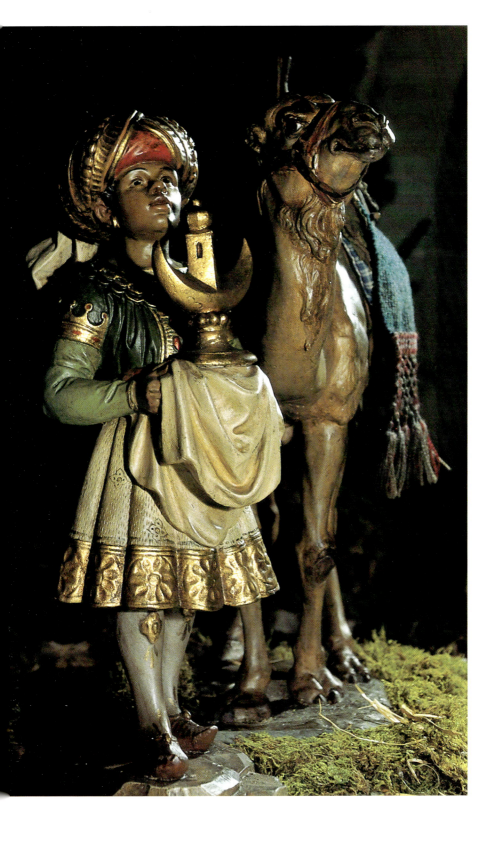

2

Nein, freiwillig gehe ich nicht mit. Wie oft habe ich das in den letzten Tagen gehört: »Wer sucht, der findet!« Stimmt gar nicht. Ich habe schon oft etwas gesucht und es nicht gefunden. Meine Mutter auch.

Wir sind noch nicht lange unterwegs, aber mir ist schon sehr kalt. Der Stern wärmt mich nicht. Was bringt's, wenn wir weitergehen? »Wenn du zu Hause bleibst, wirst du etwas Wichtiges versäumen!«, sagte mein Herr zu mir. Dabei war er sonst auch nicht so schnell zu begeistern, wenn ich mal eine Idee hatte und eine Reise machen wollte. Und jetzt, ausgerechnet jetzt, und dann noch mitten in der Nacht, muß ich fort. Aber dableiben will ich auch nicht. Irgendwie scheint es ja etwas sehr Geheimnisvolles zu sein …

Also los, aber …

Das fängt ja gut an – unsere Tiere, die sonst eine gute Nase für den richtigen Weg haben, sie wollen nicht mehr weiter. Ahnen sie vielleicht besser, daß das Ganze zu gefährlich ist? Oder haben wir uns schon zum ersten Male verlaufen? Ich finde diesen Marsch ziemlich anstrengend – immer nach oben schauen, wo der Stern ist, und gleichzeitig den richtigen Weg nicht verpassen. Komm, alter guter Kerl, laß mich jetzt nicht im Stich.

4

Auf ihn war ich schon immer neidisch – wegen seiner weißen Hautfarbe. Das fand ich schon immer ungerecht. Die weißen Leute sind reicher, gescheiter, größer als wir mit unserer dunklen Haut. Oft hat er mich das spüren lassen, dieser Schuft. Kein Wort werde ich mit ihm reden. Fast wäre er vorhin gestolpert. Ich lachte leise.

Aber komisch, seit wir unterwegs sind, ist er ganz anders zu mir. Und jetzt auch noch dies: Er hat mich gefragt, ob er mein Freund sein dürfte. Ist das ehrlich gemeint? Ich habe ihm die Hand hingestreckt: Also, schlag ein. Irgendwie ist alles anders als zu Hause …

Bald darauf treffen wir Gott sei Dank mal jemand. Ob der auch spürt, daß manches so komisch, so eigenartig, einfach geheimnisvoll ist? Schon will ich ihn ansprechen und ihn fragen, ob er den Weg kennt. Da fällt mir ein, daß ich ja gar nicht weiß, wo wir hingehen. Ich kann ihn doch nicht fragen: Wohin führt uns dieser Stern da oben, weißt du etwas von einem Kind? Er würde mich nur auslachen. Trotzdem kommt es mir vor, als ob ich Vertrauen zu ihm haben könnte. Er schaut mich so freundlich an. Und wie lieb er sein Tier hält. »Du brauchst keine Angst zu haben«, sagt er, »komm, streichle mal mein Schaf.« Der erste, den wir getroffen haben – und diese strahlenden Augen – wie kleine Sterne …

Aaber unser Stern ist weg! Schon wieder! Man sieht nicht einmal die Hand vor den Augen, geschweige denn, daß man erkennen kann, wer neben einem geht. Eine dunkle Wolke hat sich vor unseren Stern geschoben. Da kommen auch meine Zweifel wieder: Wer kann mir eigentlich beweisen, daß das alles nicht nur Einbildung oder Phantasie ist? Leise habe ich meinem Freund zugeflüstert: »Und wenn wir einfach abhauen?« Er schüttelt den Kopf. Traurig stöhnt er: »Ich kann bald nicht mehr. Aber ich darf nicht zurück.« Das einzig Gute ist, daß wir zusammenhalten, auch jetzt, auf diesem mühsamen Weg. Wir fassen uns an den Händen. Ob uns irgend jemand sagen kann, wie lange wir noch brauchen, bis wir bei diesem Kind sind?

Da kommt einer. Den werde ich jetzt fragen. »He, du, was machst du hier, du siehst so nachdenklich aus!« Er gibt keine Antwort. Er hält nur die Hand hoch, so, als wolle er uns segnen. Meine Mutter tat das auch, bevor wir losgingen. Dann sagt er uns noch etwas von einer tiefen Sehnsucht nach Frieden, die er in sich verspüre. O ja, da kann ich mitfühlen. Friede, das wünschen sich die Leute bei uns zu Hause auch immer. Aber da wird uns dieses kleine Kind auch nicht helfen können. Friede, das ist etwas für die Erwachsenen, für die Könige, für die Herrscher, für die Soldaten. »Jedes Kind bringt die Botschaft von Gottes Frieden in die Welt«, ruft er uns nach. Ich verstehe das alles nicht. »Verstehst Du es, mein Herr?« Der hört mich gar nicht.

Viele Tage sind wir jetzt schon unterwegs. Und immer noch nicht ist abzusehen, wann wir unser Ziel erreicht haben werden. Tagsüber müssen wir gehen und suchen und nach dem Weg fragen. Abends machen wir dann dort Halt, wo wir eine Unterkunft, eine Hütte, eine Höhle finden.

Ehrlich gesagt, es ist spannend, was wir für hilfsbereite und gastfreundliche Leute treffen. Fast immer bekommen wir etwas zu essen. Und sie fragen uns dann ganz neugierig, wohin wir gehen, wen wir suchen, woher wir kommen. Dann erzählen wir, wie es angefangen hat. Wie die gescheiten Herren zu Hause die Sterne beobachtet und sie befragt haben. Wie wir dann losgezogen sind. Wie es uns erging bis jetzt. Dieser Frau mit ihrem Kind auf dem Arm habe ich leise gesagt, daß ich Heimweh habe. Sie hat mich in den Arm genommen und mich getröstet. Dann hat sie mir wunderbare Früchte geschenkt und wieder habe ich mich gewundert: so viele liebe Menschen. Ob das mit dem Stern, dem Kind und unserem Weg zusammenhängt?

Egal, allmählich geht es mir auch so: Ich möchte liegen bleiben. Mir reicht's. Die Leute, die wir treffen, sind zwar ganz nett und freundlich. Aber ich glaube nicht mehr, daß es stimmt, was mein König sagt: Du wirst dich noch wundern, und bald wirst du staunen. Das ist doch kein Trost. Überhaupt, ich will keinen Trost, ich will entweder wieder in meinem eigenen Bett schlafen oder jetzt endlich sehen, ob die ganze Geschichte hier wahr ist. Ich fürchte, daß das alles nur Märchen sind, Märchen wie aus Tausend und einer Nacht. »Zu gerne wüßte ich, was ihr so denkt, ihr Kamele!« Ich habe mich schon gefragt, ob ich auch ein Kamel bin, weil ich den anderen einfach geglaubt habe und mitgegangen bin. Ich bin wütend auf alle und alles.

Auch mit dem da habe ich kein Mitleid, auch wenn er sich immer öfter ausruhen muß. Klar, er ist viel älter als ich. Aber er will doch sonst so gescheit sein. Dann hätte er auch wissen müssen, was da alles auf uns zukommt. Die kostbaren Geschenke, die er mit sich trägt, durfte bis jetzt niemand anfassen. Aber seit heute wird es ihm zu beschwerlich. Er ruft nach Hilfe, und da sind wir Jungen natürlich gerade recht. »Wir müssen zusammenhalten, sonst schaffen wir es nicht«, sagt er. Ich schimpfe vor mich hin und helfe ihm auf. Eines weiß ich sicher: Wenn wir dieses Kind je finden werden, zu dem uns der Stern führen soll, dann werde ich es fragen, warum der ganze Weg und diese Sucherei so mühsam sein mußten. Aber da fällt mir ein, daß es ja gar keine Antwort geben kann, es ist noch zu klein und kann nicht reden. Wer gibt mir dann Antwort? Ich werde allmählich ungeduldig. Und mitten in mein Nachdenken...

Bin ich ganz schön erschrocken, als er aus seiner Höhle kam, dieser alte, wacklige Mann, der zittrig, auf seinen Stock gestützt uns entgegenging. »Mir hat's geträumt«, sagt er, »ein heller Stern in einer tiefschwarzen Nacht, heller als alle Sterne, die ich je gesehen habe. Und sein Licht hat hereingeleuchtet in meine enge Höhle, wo sonst kein Lichtstrahl zu sehen ist. Hell ist es in mir geworden. Und wie ich mir die Augen rieb, weil es mich so blendete, da wachte ich auf und hörte eure Stimmen.«

Was bedeutet der Traum des Alten?
Schnell laufe ich zu einem unserer Herren.
Ich bin ganz aufgeregt.

Während ich noch über diesen seltsamen Traum nachdenke, sehe ich ihn vorbeihuschen. Er hat es ziemlich eilig. »Mein Schaf bekommt ein Junges«, ruft er. »Es ist seltsam. Zur Zeit kommen so viele Lämmer zur Welt. Und das zu dieser Jahreszeit. Irgend etwas stimmt nicht. Die Leute sagen, es käme vom Himmel, von den Sternen, die leuchteten dieses Jahr so anders.« Ist daran womöglich unser Stern schuld? Scheint er auch für die Tiere?

Was meint ihr dazu? Schön seht ihr ja aus. Euer Wollkleid glänzt richtig. Darf ich mal reinfassen? Wie schön warm das ist, und ihr haltet so still. Ein weiches, saftiges Plätzchen habt ihr da.« »Was ist denn in dich gefahren«, ruft mein Freund. »Seit wann sprichst du denn mit den Schafen? Überhaupt, du bist in den letzten Tagen so anders geworden. Manchmal habe ich richtig Angst um dich.« Er hat recht, ich spüre es auch. Ich mache Dinge, die ich früher nie gemacht hätte – mit den Schafen reden …

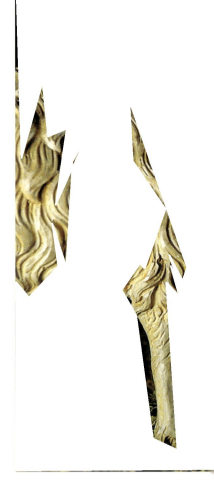

Oder auf Flötenmusik hören. Das fand ich früher immer langweilig. Aber irgendwie ... das ist auch eine besondere Musik. Sie kommt mir so feierlich vor. »Wie heißt dein Lied?« frage ich ihn. Aber er spielt weiter. Von weither höre ich jemanden singen: »Als ich bei meinen Schafen wacht ... des bin ich froh ...« Leider habe ich nicht alles verstanden. Warum bist du froh, will ich rufen. Aber ich bringe kein Wort heraus. Tränen kullern mir herunter.

Ich wische mir die Tränen weg. Hoffentlich haben es die anderen nicht gesehen. Und was ist mit ihm? Er hat sich hingekniet und faltet die Hände. Er schaut nur und ist ganz still. Mit dem Kopf deutet er nach oben. Wahrscheinlich wieder wegen des Sterns. Allmählich wird's uninteressant. Mich kann der nicht mehr beeindrucken. Aber wenn ich diesen ehrfürchtigen Mann so anschaue ... Ich gebe es zu: Heute ist unser Stern besonders hell. Um ihn herum sind noch viele andere Sterne. Während unserer stehenzubleiben scheint, tanzen die anderen um ihn herum. Oder bilde ich mir das nur ein? Und der große, reiche Herr fängt an zu beten: »Heut' ist ein Kindlein uns gebor'n ...«
Ich glaube es erst, wenn ich es sehe.

Aber jetzt will ich es genau wissen. Ich renne voraus und traue meinen Augen nicht. Mitten aus den Sternen kommt mir ein Engel entgegen. Neulich fiel mein Freund vom Kamel. Er kam mit dem Kopf auf und sagte später, er habe die Englein singen hören. Aber das hier ist ein richtiger Engel. Und bald sind es noch mehr, und jetzt ganz viele, und sie fangen an zu singen: »Ehre sei Gott in der Höhe ... und Friede den Menschen auf Erden ...« »Was meinen sie damit?« frage ich meinen Herrn. »Pst. Wir sind da. Wenn Himmel und Erde zusammenklingen, wenn Friede für die Menschen ausgerufen wird, dann sind wir am Ziel. Komm, jetzt wirst du sehen, was du nicht glauben wolltest!« Die Blasen an meinen Füßen sind vergessen, meine Wut ist weg, meine Angst überwunden. Und hinter der nächsten Wegbiegung taucht vor uns eine Höhle auf ...

17

Und in der Höhle – ich traue meinen Augen nicht – da liegt neben den Tieren auf einem Bündel Stroh ein kleines Kind, und daneben steht ein Mann und kniet eine Frau. Na ja, das beeindruckt mich bis jetzt noch nicht groß, das wird doch nicht das Ziel unserer Reise sein? Von einem Kind hatten die Herren zwar schon immer gesprochen. Es sei ein besonderes Kind, hatten sie gesagt. Unter »besonders« habe ich mir aber etwas anderes vorgestellt. Das soll's nun sein? Deshalb bin ich so lange unterwegs gewesen? Dazwischen hatte ich mir mal ausgemalt, wie ich jubelnd die Arme hochreißen würde, wenn wir am Ziel sind. Aber jetzt. Ich schaue mich um ...

Da sind ja noch andere angekommen. Den einen kenne ich schon. Aber der andere, das ist witzig, der hält dem Kind ein lebendiges Huhn hin. Schon will ich das Huhn verjagen und ihn fragen, ob er denn verrückt sei, da sagt er mit seiner tiefen Stimme: »Liebes Kind, ich kann dir kein Gold, keine Edelsteine und keinen Weihrauch, keine duftenden Kräuter und keine wertvollen Stoffe bringen. Aber ich bringe dir das Kostbarste, das ich habe: mein Huhn. Es wird dir jeden Tag ein Ei legen. Deine Mutter wird dir daraus einen feinen Brei machen. Liebes Kind, segne mich.« Ich halte mir die Hand vor den Mund, um nicht loszulachen, obwohl es mich auch anrührt, wie er da so vor dem Kind kniet. Ich drehe mich zu meinem Freund um: »He, was sagst du dazu?«

Er gibt mir keine Antwort. Stattdessen sehe ich, wie eines unserer Kamele auch schon auf den Knieen liegt, wie sein Herr. Und meiner zittert am ganzen Körper und kann seine Golddose fast nicht mehr halten. Er ist ganz erregt. Schon oft habe ich es erlebt, wie vornehme und gescheite Frauen und Männer zu ihm kamen, ihm Geschenke brachten, sich vor ihm verneigten, und einmal, da kniete sogar einer vor ihn hin. Und jetzt, jetzt verneigt er sich vor diesem Kindlein bis tief auf die Erde. Ist denn alles verdreht, oder hat sie der lange Weg im Kopf verwirrt?

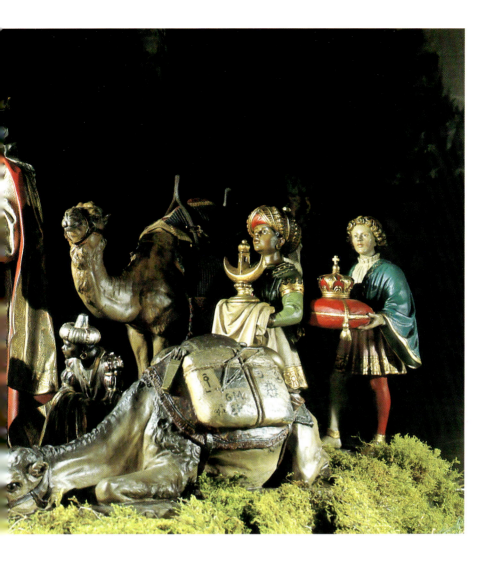

„Du mußt genau hinsehen", sagt die junge Frau zu mir, »dann siehst du noch mehr. Und vor allem, du mußt mit dem Herzen schauen. Nur dann siehst du gut.« Beschämt gehe ich etwas weiter nach vorne. Drei Engel sind ganz nahe bei dem Kind. Sie schauen mich an, als wollten sie sagen: »Kaum zu glauben, nicht wahr? Aber es stimmt: Dieses Kind ist die große Überraschung für alle Menschen auf der ganzen Welt. Denn dieses Kind heißt Jesus. Lange haben die Menschen darauf gewartet. Jetzt ist es da. Was noch niemand gesehen und noch niemand gehört hat: Gott und die Menschen, sie gehören jetzt für immer zusammen. Komm, sing mit!«

Sie stimmen an, ich summe mit. Plötzlich ist es ein ganzer Chor: die hohen Herren, meine Freunde, die hartgesottenen Hirten und dann auch ich aus voller Kehle singen mit: »Jesus ist geboren, in Bethlehem und überall. Den Freund der Menschen sehet ihr, in einem armen Stall.« Ich weiß gar nicht, wie mir geschieht. Eigentlich kann ich gar nicht singen. Aber heute …

Später konnte ich niemand erzählen, wie das alles kam. Aber eines spürte ich:
Ja, jetzt sind wir am Ziel. Wir haben gefunden, was wir so mühsam gesucht haben. Es dringt mir durch Mark und Bein: Das ist dieses heilige Wunder, von dem die Herren unterwegs immer gesprochen haben, das größte Wunder, das ich jemals gesehen und erlebt habe. Ich könnte die ganze Welt umarmen, so froh bin ich plötzlich. »Menschenunmöglich«, fährt es mir heraus. Der kleine Ziegenbock nickt, als wollte er sagen: »Ja, aber nicht gottunmöglich!«

Gerade als wir fertig gesungen haben, kommt der noch dahergerannt. Er ist ganz außer Atem und wirft sich nieder. Das Schaf läßt sich nicht aus der Ruhe bringen. Es hat schon so manches gehört und gesehen in den letzten Tagen. »Verzeih', daß ich so spät komme«, sagt er und beugt sich zum Kind auf dem Stroh und kann kaum reden, weil er immer noch nach Luft schnappen muß. »Aber meine Frau hat vor wenigen Stunden ein Kind geboren. Da wollte ich bei ihr bleiben. Ich habe aus unserem Keller einige von den süßesten Früchten für deine Mutter mitgebracht. Weißt du, die Mütter haben immer ein besonderes Danke verdient.« Maria freut sich, und das Kind lächelt. Nur Josef bekommt das alles nicht mehr mit. Er ist vor Müdigkeit eingeschlafen. Ich kann nur staunen. Mit einem Stern hat es angefangen, einem hellen Stern in einer dunklen Nacht.

Bald gehen die ersten wieder heim. Sie wollen ihren Familien und Freundinnen und Freunden und ihren Nachbarinnen und Nachbarn weitererzählen, was sich da ereignet hat. Sie wollen die Freude und das Wunder nicht für sich behalten. Unter den schnarrenden Klängen des Dudelsacks packen auch wir zusammen. Unsere Geschenke haben wir hergegeben. Ein viel größeres Geschenk habe ich bekommen: neue Freunde auf einem langen Weg, neuen Mut in bangen Nächten, neue Freude durch dieses neugeborene Kind. Ich gehe anders heim, als ich hergekommen bin. Irgendwie fühle ich mich wie neugeboren. Ich bin ein anderer Mensch geworden.

Ein letzter Blick zurück. Die anderen sind schon einige Schritte voraus. Noch einmal schaue ich zum Stern und zum Kind und vom Kind zum Stern. Ich weiß jetzt: sie gehören zusammen, und dazwischen bin ich, sind wir Menschen. Oben das helle Licht und unten, auf der dunklen Erde, ganz unten bei uns Menschen, das Kind, ein Menschen-Kind.

Alles um mich herum ist wie verschwommen. Ich kann nur staunen und mich wundern. Und da fällt mir dieses Lied ein, das wir in der Höhle auch gesungen haben: »Stern über Bethlehem, kehr'n wir zurück, steht doch dein heller Schein in uns'rem Blick, und was uns froh gemacht, teilen wir aus, Stern über Bethlehem, schein' auch zu Haus!«

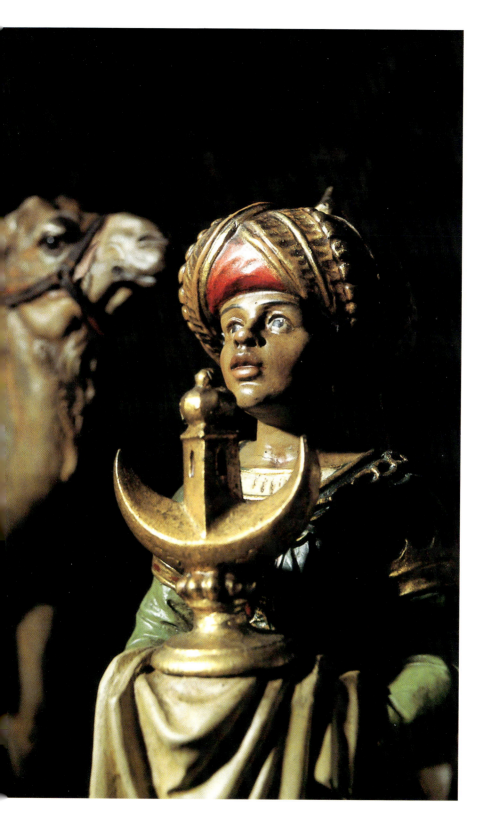

Alle Rechte vorbehalten
© 1995 Schwabenverlag AG, Ostfildern

Umschlaggestaltung: Ronald Parusel, Mössingen
Satz und Layout: Schwabenverlag AG, Ostfildern
Herstellung: Aprinta, Wemding
Printed in Germany

ISBN 3-7966-0771-3

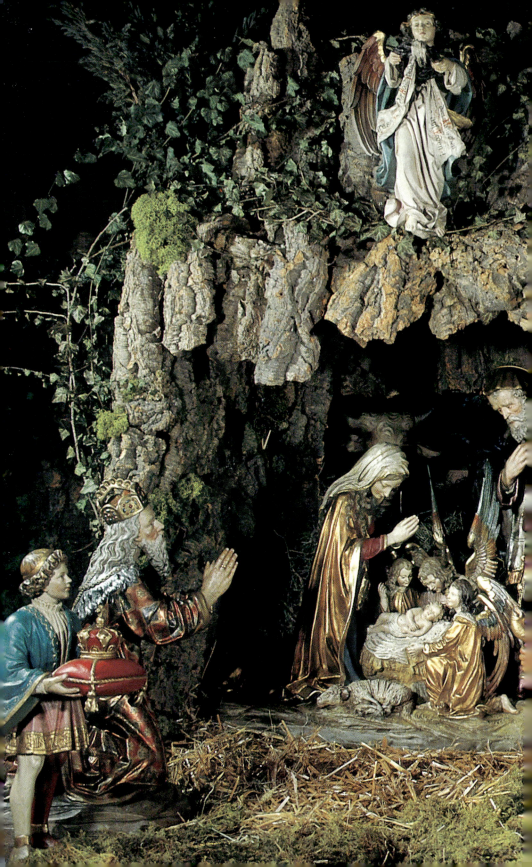